KB272385

무언의 강

무언의 강

발행일	2026년 4월 5일
지은이	안성우
펴낸이	손형국
펴낸곳	(주)북랩

출판등록 2004. 12. 1(제2012-000051호)
주소 서울특별시 금천구 가산디지털 1로 168, 우림라이온스밸리 B동 B111호, B113~115호
홈페이지 www.book.co.kr
전화번호 (02)2026-5777 팩스 (02)3159-9637

ISBN 979-11-7598-237-6 03810 (종이책) 979-11-7598-238-3 05810 (전자책)

작가 연락처 문의 ▸ ask.book.co.kr
전용 게시판에 문의를 남기시면 저자에게 직접 전달됩니다.

(주)북랩 성공출판의 파트너
북랩 홈페이지와 SNS에서 다양한 출판 솔루션을 만나 보세요!
홈페이지 book.co.kr • **블로그** blog.naver.com/essaybook • **출판문의** text@book.co.kr
카톡채널 북랩

본 도서는 2026년 부산광역시, 부산문화재단 부산문화예술지원 사업으로 지원을 받았습니다.

한우수 시집

무언의 강

북랩

시인의 말

　　말이 너무 많은 세상입니다. 진심은 소음에 묻히고, 상처 주는 말들은 화살처럼 날아다니는 시대에 우리는 살고 있습니다. 그 어지러운 틈바구니에서 저는 자주 강가에 섰습니다.

　　강은 말이 없습니다. 어디서 왔느냐 묻지 않고, 어디로 가느냐 따지지 않습니다.

　　그저 묵묵히 제 몸을 낮춰 흐를 뿐입니다. 가장 낮은 곳으로 임하면서도, 결국은 가장 넓은 바다를 품에 안는 그 유연한 흐름을 배우고 싶었습니다.

　　첫 시집에서 길을 찾아다녔고, 두 번째 시집에서 우체통에 마음을 부쳤다면, 이번 세 번째 시집『무언의 강』에서는 그저 듣고 싶었습니다. 자연이 건네는 위로를, 치열한 삶의 현장에서 들려오는 거친 숨소리를, 사랑하는 가족과 이웃들이 눈빛으로 전하는 그 따뜻한 침묵의 언어를 받아 적었습니다.

이 시들이 당신의 가슴 속 메마른 땅을 적시는 작은 물길이 되었으면 좋겠습니다.

소란스러운 세상사 잠시 내려놓고, 흐르는 강물처럼 고요하고 평온한 쉼을 얻으시길 바랍니다.

부족한 글들이 다시 세상의 빛을 볼 수 있도록 응원해 준 가족들과 나의 독자들, 그리고 이 길을 함께 걷는 모든 인연에게 깊은 감사를 전합니다.

2026년 봄

학송 한우수

차례

2부 삶이 파도 위에서

3부 '그대'라는 이름의 꽃

4부　어둠을 밀어내는 빛

1부

자연이
건네는
말

한 잎의 설렘

봄바람 창가를 스칠 때
가슴속 여린 잎 하나가
그 숨결에 놀라 깨어난다

첫인사 미세한 떨림이
나직이 손목을 감싸고
바람 끝에 매달린 작은 은방울
수줍은 종소리로 나를 부른다

거리 소음은 멀어지고
기척만으로도 어깨를 맞대며
마주 보지 않아도 나는 안다
이 떨림이 깊은 약속임을

한 잎이 피어나는 순간

숨결 언덕 너머

맞닿은 풍경이 또렷해질 때까지

두 손끝을 모아

한 장의 미소를 펴낸다

산의 깊이

침묵으로 말을 거는 산
물은 흐름의 언어로
바람은 스침의 노래로
잎사귀들이 천천히 번역한다

첫 햇살 머금은 이슬 한 방울
숨결처럼 스며 오고
그 투명한 울림을
텅 빈 가슴으로 듣는다

산이 나를 안는다
헤아릴 수 없는 묵직한 깊이
고요와 소란 사이에서
비로소 나를 본다

초록 발자국

싱그러운 숲길 위에
남겨진 작은 발자국
바람이 머문 자리마다
푸른 속삭임이 번진다

여린 새벽빛이
이 길을 가만히 비추면
오래된 숲의 숨결이
고요히 내려앉는다

그 발자국 따라
살포시 발을 포개면
투명한 이슬방울 속
드넓은 하늘이 담긴다

저녁 산길, 법고

어스름 짙어 가는
발길 멈춘 채 산길에
저녁 연기되어 아득하게
북소리가 스며든다

요란하게 뛰던 심장
그 묵직한 울림에 가라앉고
거친 숨결 하나가
가슴 깊은 곳에 내려앉는다

누구의 이름도 부르지 않고
누구의 길도 막지 않는데
소리는 강물처럼 흘러와
오래 잠긴 내 안의 문을 연다

길 위에 멈춰 서서
가만히 눈을 감는다
이미 떠나간 것들과
아직 오지 않은 것들
저 둥근 북소리 등에 실어
허공에 띄워 보낸다

청보리밭

꽃바람에 춤추고
햇살 아래 반짝이는
푸른 보리바다
피리 소리 스미면
초록 물결 번져 간다

선율에 몸을 맡긴
여린 이삭들
그 안의 낮은 속삭임
가만히 귀 기울인다

푸른 밭둑에 서면
파도가 가슴을 물들이고
은은한 풋내음
코끝에 머물다 노래 되어 흐른다

일렁임에 나를 잊고

세상 소란 뒤로한 채

맑은 가락 따라

저 푸른 바다를 건넌다

봄을 부르는 소리

창문에 손끝을 대면

유리 너머 살랑이는 바람이

먼 길을 돌아와 인사를 한다

마른 가지마다 숨죽여 있던 물올림이

똑, 똑

투명한 맥박으로 대지를 두드리고

풀섶에 숨은 개구리 첫 울음이

초록 물감을 풀어

잠든 언덕을 깨운다

골목 전봇대 위

새들 첫 노래가 경첩을 열면

하늘은 순식간에 파란 창문이 되고

그 틈새로 흩날린 햇살 종소리가
옷깃마다 봄빛 단추를 달아준다

이제 귀를 기울이면
내 가슴속에서도
마른 나이테를 적시는
작은 고동 소리
그것이, 봄을 부르는 소리

붓과 먹의 대화

고요한 새벽
깨어난 붓 하나가
하얀 여백 위에서 춤춘다

붓끝을 따라 흐르는
검은 강물
소리 없는 노래가 번진다

먹향 머금은 한 획
멈추면 산
흩어지면 구름 된다

먹은 말을 아끼고
붓은 길을 낸다
지나가던 바람조차
먹빛 속에 스며든다

비로소

붓과 먹은

종이 위에

하늘과 땅을 잇는다

바람이 되는 시간

바위 절벽 어깨너머로
푸른 바다가 고요히 숨을 고르고
파도는 은빛 날개를 접어
깊은 속삭임을 뭍으로 띄워 보낸다

울창한 숲은 바람과 춤을 추고
기암은 태고의 침묵을 품는데
노을빛에 꿈틀대는 바위 그림자
찬란한 윤슬이 귓가에 스며든다

끝없이 펼쳐진 수평선이
태종대 거친 살결 어루만질 때
나는 숨결 따라 한 줄기 바람 되어
절벽 끝에서 세상을 끌어안는다
절벽과 숲
바다와 바람이 하나 되어

푸른 노래를 부르는 순간

홀로 선 나는

그 울림 끝에 가만히 귀 기울여

내 안에서 일렁이는 파도까지 들여다본다

새벽 달빛, 오륙도에 앉다

여명의 푸른 물결 위로 달빛 내려와
오륙도 솔섬 어깨에 잠시 숨을 고른다
바람은 첫새벽 피리를 불고
잘게 부서지는 파도는 은빛 춤을 춘다

물안개의 젖은 숨결이
바다 깊은 곳으로 스며들면
이지러지는 달빛이 물결을 다독이고
검푸른 옷자락을 여민 밤은
아침에게 자리를 내어 준다

두 바다가 만나는 경계에서
동해와 남해가 눈을 뜨고
오륙도 새벽달 아래 머물며
물 위에 번지는 나를 들여다본다

황산공원 억새꽃

낙동강 물길 품은 황산공원
바람결에 은빛이 일렁인다
억새의 나직한 속삭임이
가을빛을 깊이 적신다

빛이 스미는 결마다 억새는 눕고
번져 가는 웃음 저 멀리 흐른다
햇살 아래 네 눈동자가
윤슬이 되어 나를 감싼다

바람이 귀밑머리를 스치고
아스라한 꿈 몇 조각 흩어지면
억새밭 사이로 터지는 탄성
먼 길 끝
처음 맞댄 숨결 위에
가을이 머문다

송일정에 올라 바다를 듣다

송정 하얀 모래밭 위로

파도는 은빛 윤슬로 부서지고

죽도공원 푸른 솔숲 사이

바닷바람이 살며시 귀를 적신다

동백의 붉은 가슴은 겨울 볕을 품어

시린 공기 속에 홀로 피어나고

송일정 높은 누각에 오르면

수평선은 더 갈 곳 없는 푸르름으로

가만히 발끝을 밀어낸다

솔향기 짙은 나무 그늘 아래

파도 소리에 뱃노래가 실려 오면

솔잎이 바람결에 몸을 뒤척이고

속세의 소란마저 잠긴 듯 고요하다

부서지는 물살 너머 아득히
낚싯배 하나 느릿하게 흔들리고
파도와 바람이 나눈 긴 이야기만
모래 속으로 깊게 젖어든다

민락수변공원의 아침

파도 위로 부서지는 윤슬
고요한 적막을 깨우고
광안대교 어깨너머 번지는 햇살 따라
붉은부리갈매기가 원을 그리며 비상한다

잘게 흩어지는 파도 소리 귓가 맴돌고
너울의 부드러운 춤이 가슴을 어루만질 때
발걸음마다 스며드는 상쾌한 바람에
새벽빛은 수묵화처럼 번져 간다

무거운 어깨짐 내려놓고
푸른 숨결 깊이 들이마시면
투명해진 나를 다시 만나는 시간

바다를 베고 누운 너른 품이여
하늘과 바다가 입 맞춘 그곳에서
고요를 품은 파도가
내 안의 아침을 잔잔히 흔든다

다대포 모래톱

쏟아지는 윤슬 속
끝없는 모래톱을 걷는다
발바닥에 전해오는 단단한 온기
짠내 섞인 바람이 뺨을 스친다

한때 이곳을 덮었던 푸른 물길은
다 어디로 밀려갔을까

깊게 팬 발자국 하나
덩그러니 남은 자리
침묵하는 모래가
나의 빈 곳을 메운다

머지않아 다시
물결에 잠길 길 위에서
그때
나는 어느 낯선 모래톱을
서성이고 있을까

공원의 속삭임

푸른 나무의 사각거림
바람결에 실려 온 꽃내음
잎새 사이로 내린 햇살이
무거운 근심을 하얗게 지운다

초록 잔디 위에 앉아
작은 꽃들과 눈을 맞춘다
잠시 발걸음을 멈추고
대지의 숨결이 속삭인다
'쉬어 가라'고

연못가 잔잔한 물결 위
오후의 윤슬이 가득 번지고
은빛 물고기 차오르는 순간
반짝이는 설렘이
내 하루를 조용히 흔든다

아이들 맑은 웃음소리
파란 하늘 위 음표처럼 번지고
그 투명한 울림 속에
잊었던 순수가 깨어나
가슴에 잔잔한 물결이 인다

넓은 평화공원의 품속에서
자연의 고요한 위로를 듣는다
나는 이 풍경의 일부가 되어
비로소 세상과 하나가 된다

연초록 땀방울

뜨거운 햇살을 뚫고 온
연초록 땀방울 하나

가만히 미끄러져
풀잎 끝에 아슬히 맺힌다

투명한 몸짓으로
바람에 흔들릴 때마다
부서지는 은비늘 같은 반짝임

무더운 여름날
그대 지친 손등 위로
서늘한 연초록 온기가
말없이 배어들기를

옹달샘

소란 멎은 물소리가

햇살 아래 투명하게 부서져

고단한 내 마음을 가만히 씻어낸다

빈손인데도 가득 채워 주는

아낌없이 흐르는 샘물

목마른 뭇 생명들 모여들어

푸른 숨을 들이마신다

생명의 시작이

마치 먼 바다를 향해 나아가듯

그대와 나

깊은 옹달샘이 되어

서로의 가슴을 적시며

긴 강물로 함께 흐르자

무언의 강

노을빛에 젖어드는 저녁
강은 말이 없다

어디에서 왔느냐 묻지 않고
어디로 가는지 답하지 않는다

나 또한 그저 흐를 뿐
잠시 머물다 떠나는 잎새처럼
붙잡을 수 없는 것들만 깊이 품은 채

때로는 낮은 속삭임으로

때로는 무거운 침묵으로

강물은 내 안의 눈물이 되어 흐른다

모든 것을 품고도

마침내 놓아주며 흐르는 일

삶이란, 그렇게

소나무의 지혜

사철 푸른 서슬로

허공에 가지를 뻗어 획을 긋고

뾰족한 바늘잎 끝으로

흐르는 시간의 맥을 짚는다

깊은 어둠 속

뿌리로 길어 올린 서늘한 생명

줄기 타고 솟구쳐

가지 끝으로 밀어 올린다

날개를 접은 새들이

지친 마음을 안고 파고들면

말없이 곁을 내어 주며

그 작은 숨소리에 귀를 연다

매서운 겨울바람 앞에서도

흔들리되 부러지지 않는 믿음

짙은 초록의 숨결로

긴 어둠을 견뎌내며

침묵하는 숲의 지혜로 선다

귀를 기울이면

작은 볕이
담장 끝에서 부서지는 소리를
들은 적이 있는가

촘촘한 나이테가
햇살을 한 겹 두 겹 쌓아 올리며
오래전 약속처럼 떨리는 숨결을
들은 적이 있는가

비가 그치고
빗방울 하나가 잎끝에서 뛰어내릴 때
아침 풍경이 잠시 흔들리는 기척을
들은 적이 있는가

무언의 강

사람과 사람 사이
조용히 흘러오는 마음의 강물에서
목소리보다 먼저 건너오는 온기를
들은 적이 있는가

귀를 기울이면
들리지 않던 모든 것이
저마다 한 편의 시가 되어
가만히 나를 부른다

그때
거리는 더 가까워지고
우리는 더 크게 숨 쉬게 된다

흙 속의 심장

첫 맥박은 어두운 침묵에서 울렸다

젖은 땅의 숨결이 귓가에 흐르자

잠든 씨앗은 고요히 갈라졌다

흙은 스스로를 열어 작은 심장을 품었다

보이지 않는 어둠 속에서

뿌리가 귀를 세운다

미세한 빛의 낙하를 기다렸다

빛이 아닌 온기에

바람이 아닌 물결에

깊이 내려가면서 동시에 올라간다

양극의 길을 동시에 걸으며

사라짐과 탄생을 한 호흡에 품었다

어느 새벽, 땅은 숨을 토해 낸다

얇은 칼끝 같은 잎이

첫 바람을 베어 내며 떨리는 듯했다

살아 있다는 것은 속울음으로 피어나는 일
아무도 보지 않는 곳에서
몸을 찢어 심장을 내어 주는 일

그러나 흙은 알아차린다
묵묵히 견딘 눅진한 적막 속에서
가장 커다란 노래가 맺힌다는 사실을

그래서 오늘도 묻힌다
다시 씨앗이 되고
다시 심장이 되어
흙 속 깊은 곳에서부터
세상을 향해 뛰게 할 다음 박동을 준비한다

붉은 숨

밤새 내린 눈이
세상 소란을 지워낸 자리
하얗게 숨 고르는 아침

창가에 기대어
한 그루 매화나무를 마주한다
은빛 가지 끝에서
불씨로 깨어나는 꽃

눈 속에 홀로 선 채
저 찬 기운을 껴안으며
말없이도 타오른다

손끝에 닿기만 해도
흩어질 듯, 여린 꽃잎
가장 차가운 결로
겨울을 흔들어 깨운다

너를 보며
내 가슴 언 땅에도
붉은 봉오리 틔운다

아직 오지 않은 봄
나는 벌써 그 뜨거운 서곡에
귀 기울인다

겨울 호수

순백으로 덮인 호수

빙판 아래 숨죽인 물결

빈 가지 흔드는 바람결에

나직이 속삭이는 왕버들

바람이 허공에 입김을 불자

눈송이 흩날리고

세상은 숨을 멈춘 듯

고요한 마법에 잠긴다

적막한 물가에

홀로 선 고고한 재두루미

살얼음진 물에 발을 담그고도

가슴에 봄을 새긴다

층층이 쌓인 흰 얼음 결

바닥에 가라앉은 지난가을 낙엽

속살 비치는 맑은 유리 위로

얼어붙은 햇빛을 어루만진다

마침내 얼음장 풀리는 날

다시 터지는 물소리

버들강아지 살랑이는 그날을 그리며

겨울 호수는 봄을 기다린다

꽃샘추위

봄이 조용히 속삭이는 소리
눈밭에 남은 마지막 하얀 숨결
막 터지려는 꽃망울 위로
시샘하듯 찬 바람이 스친다

햇살이 마른 땅 어루만지며
초록 새싹들 고개 내밀 때
옷깃을 파고드는 차가운 기운

햇볕 냄새밴 솜이불처럼
찬란한 봄빛을 꿈꾸는데
아지랑이 피어오르는 그 틈새로
겨울 그 그림자가 아직 길다

다시 두꺼운 외투를 여미고
꽃 필 차례를 기다리는 길목
우린 서로 온기를 나누어

  무언의 강

마지막 추위를 녹여내고 있다

너는 우리에게
기다리는 미소를 가르치고
봄을 완성하게 하는
소중한 시간의 흔적으로 남는다

2부

삶이
파도
위에서

빈집

아이들 떠난 툇마루엔
찬바람과 달빛만
주인인 양 드나든다

하지만 빈집이
산골 외딴곳에만 있으랴

간판 잃은 골목
깜빡이는 신호등 아래
서늘한 가슴으로 서 있는 우리

갈라진 아스팔트 틈
매캐한 납빛 먼지 속에서

빛바랜 가방을 들고
흔들리며 걷는 이 몸도
또 하나의 빈집이다

자갈치의 새벽

부산 갈매기 끼룩대며 새벽을 열고

비릿한 짠내 섞인 바람이 뺨을 때린다

만선 어선이 거친 숨을 멈추면

수평선 저편 은빛 물고기들이 쏟아진다

노란 우비를 입은 자갈치 아지매

주황 바구니 가득 고등어를 담으며

투박한 손길, 거센 파도가 되어

차가운 바다에 뜨거운 숨결을 더한다

그물에 걸린 붉은 도미가

새벽 공기 속에서 펄떡이고

물기 흥건한 시장 바닥

발걸음마다 삶의 파도가 튄다

"자, 마 덤이다!" 걸걸한 목소리
사투리가 골목을 채우고
햇살은 젖은 비늘 위에서 춤춘다
소금기 묻은 웃음꽃이 활짝 번진다

바다와 사람이 마주 잡은 자리
비늘과 땀방울이 뒤섞여
자갈치의 붉은 심장
오늘도 새벽을 깨우며 축제로 뜀박질 한다

서면역에서

지하를 뚫고 나온 9번 출구
사람들은 거센 바람이 되어
서로 옷깃을 스치며 흘러간다

이 인파 속에서
누군가는 막 붉은 사랑을 시작하고
누군가는 차갑게 식은
등을 돌려 멀어진다

거리에 덩그라니 놓인 기타
청바지 올마다 박혀 있는 꿈
앰프를 타고 흐르는 노래는
이름 없는 하루를 위로한다

네온사인이 밤을 하얗게 지우면
이 계단 위에도
간판 불빛 사이로

별 먼지가 쏟아진다

그 빛을 따라

누군가 꿈을 피워낸다

아무도 기억하지 않을 하늘 아래

잠시 멈춘 뜨거운 숨결들이

창백한 허공에 꽃으로 번져

다시 또

내일을 향해 걷는다

붉은 꽃 피는 집

대낮에도 붉은 노을이 켜지는 곳
서늘한 유리관 너머에는
한때 거친 숨을 몰아쉬던 들판의 기억이
침묵의 무게로 매달린다

투박한 앞치마를 두른 사내가
젖은 숫돌에 쇠를 갈아 날을 세우면
허공을 가르는 섬뜩한 소리 끝에
질긴 생의 매듭이 툭 끊어진다

정직한 칼질에는
망설임도 미움도 없다
오로지 굶주린 입들을 위하여
가장 부드러운 안쪽을 골라내는
비릿하고도 성스러운 의식일 뿐

희고 단단한 도마 위에서
선홍빛 꽃잎들이 피어날 때
누군가의 아버지는 오늘 저녁의 허기를 사고
누군가의 어머니는 끓어오를 국솥을 생각했다

죽음으로써 비로소 삶을 먹이는
붉고 차가운 저 진열장
우리는 매일
남의 살로 나의 생을 데운다

지퍼 속 지도

지퍼가 입을 여는 새벽
한때 새빨간 꿈을 꾸었지
첫 여행의 떨림이
맞물린 톱니 사이로 번지던 아침

화물칸 서늘한 어둠 속
낯선 먼지를 깊이 삼키고
덜컹이는 바닥을 구르며
비 오는 골목
홀로 젖던 밤도 있었지

내 안엔 셔츠만 갠 것이 아니야
접힌 엽서 한 장과
접어 둔 지도
끝내 그곳에 두고 온 마음

누군가는 짐짝처럼 나를 던졌지만
당신은 나를 소중히 일으켜 세웠지
나는 묵묵히 닳아 가며
그 모든 여정을 온몸에 새겼어

이제 바퀴는 조금 삐걱여도
손잡이만은 곧게 솟아오른다
나 아직 떠날 준비가 되어 있어

당신이 다시 꿈꾸기만 한다면
이 낡은 어둠 속
지도는 다시 펼쳐질 테니

헌 지갑

주머니 깊은 곳
가느다란 숨결로 머금은
나직한 울음
주름진 얼굴의 낡은 가죽 지갑 하나

풀린 실밥 틈으로
시간이 조용히 녹아든다

한때는
빳빳한 지폐를 삼키며
부푼 꿈을 숨 쉬었지만

이제는
구겨진 영수증 몇 장
빛바랜 명함

무언의 강

그리고
구겨진 채 웃고 있는 사진 한 장

너와 걷던 골목
가로등 아래서 건네받은
서투른 반짝임

아직도
네 손길의 온기처럼
지갑 안쪽에 남아 있다

호롱불의 기억

별조차 숨죽인 깊은 밤
어둠이 묵직하게 내려앉으면
가냘픈 심지 끝에 맺힌 불꽃이
시린 어깨를 포근히 덮는다

그을린 유리갓 너머
물결치듯 일렁이는 불빛
아버지 손끝에 피어오르던
따뜻함이 되살아난다

바람에 흔들리는 불꽃은
어지러운 내 마음을 닮아
가물거리다 서로 엉키며
짙은 그림자를 밀어낸다

무언의 강

한 줄기 빛이
작은 온기가 되어
이 밤의 성에를 녹이고
잠든 숨결을 어루만진다

생의 길모퉁이를 비추는
작지만 끈질긴 등대여
남은 심지가 사그라질 때까지
나는 너와 함께
붉게 머물리라

수도꼭지

톡-
무거운 고요를 깨는
방울 소리에
어제가 천천히 씻기고
새벽이 숨을 고른다

손끝에 스며드는 찬물
어느 여름날
베란다 바닥 옆 양철 대야
젖은 웃음과 흘러가는 몸짓
기억의 저편에서 번져 온다

꼭 잠긴 감정을
물처럼 천천히 풀어 보면
어둠 끝에 맺혀 있던
희미한 빛 한 올이 남는다

가만히 흐르는 물 따라

한 방울씩 마음을 헤아리면

소리 없이 퍼지는

미세한 온기도 있다

번지지 않은 물자국 남기며

낮은 온도의 물이

방안을 조용히 적시고

안식이 살며시 머문다

유리벽 안의 춤

세상은 둥글고 투명하다
끝없이 헤엄쳐도

이마는
늘 차가운 벽에 닿는다

노을 한 조각을 떼어 입은 듯
붉은 비늘을 반짝이며
오늘도 물속의 허공을 난다

바깥세상의 거인들은
일그러진 얼굴로 나를 들여다보고
나는 뻐끔, 입을 열어
말 대신 공기 방울만 띄워 보낸다

한 바퀴 돌면 지난 상처는 지워진다고
아니다, 나는 그저
매 순간 처음인 것처럼
이 좁은 우주를 다시 사랑할 뿐

지느러미가 그리는
소리 없는 파문만이
나의 유일한 언어

가본 적 없는 바다를 꿈꾸며
오늘도 제자리에서
가장 화려한 춤을 춘다

색의 파도, 감천마을

파도처럼 출렁이는 색이
골목을 흔들고
집들은 겹겹이 쌓여
물결로 이어진다

알록달록 물감이 번지는 골목
벽마다 상상으로 피어난 꽃잎이
가벼운 꿈을 흩날린다

계단 틈새마다 숨은 이야기
벽화에 머문 다정한 손길
마을이 부르는 오래된 노래가
바람 결처럼 들려온다

좁은 모퉁이 돌아설 때마다
바람은 이마의 땀을 씻기고
햇살은 선물처럼 쏟아진다

미로 같은 길 위에서

우리는 저마다의 색을 찾아

마음을 물들이며 오른다

부산, 초록의 숨

높았던 담장은 흔적 없이 지워지고
철모 떠난 자리에 푸른 잎새가 인다
오래 묵은 흙내음 속으로
새로운 숨결이 뿌리를 내리는 곳

햇살은 나뭇잎 사이로 스며들며
아이들 맑은 웃음소리는
잔잔한 연못 위에
윤슬처럼 반짝이며 쏟아진다

도시의 가장 깊은 허파
숨죽였던 시간이 기지개를 켜면
바람이 데려온 조각구름마저
벤치에 내려앉아 꿈을 꾸는 오후

가지 끝에 햇살이 머무르며
연두색 새순이 돋아나고
발길 닿는 곳마다 꽃이 피어난다

여기는 우리가 비로소 쉬는 숨
노을 지는 숲길 끄트머리
기억 속 낡은 철모 하나
바람에 씻겨 평화로이 눕는다

남창역 완행열차

차창에 흐릿하게 비친 얼굴

생각 너머 풍경 속에서 풀리고

덜컹이는 낡은 리듬 따라

조여 오던 가슴이 조금씩 느슨해진다

푸른 언덕과 노란 유채꽃

입을 다문 대화들이

바람의 혀끝에 실려와

차창을 가만히 두드린다

잠시 머문 남창역

오래된 승강장 바닥에서

익숙하면서도 낯선 흙내음이

봄의 숨결로 번진다

무언의 강

서로 다른 행선지들이
같은 궤도 위에 포개진 채
아무렇지 않게 스쳐 간다

이 느릿한 속도 안에서
도시의 묵은 소음이 벗겨질 때
수없이 얽혀 흐르는 선로 사이
나를 이끄는 표지판 하나
빛의 각도로 조용히 돌아선다

동네 책방의 하루

작은 간판이 수줍게 불을 밝히고
골목 사이 은은한 종이 냄새가 번진다
나른한 금요일 오후, 창가에 기댄 책들은
한 주의 비밀을 덮듯 조용히 표지를 닫는다

활자들이 낮게 말을 걸어 오면
골목의 발걸음도 천천히 박자를 맞추고
열린 창틈으로 스치는 바람이
낱말들을 가볍게 흔들어 깨운다

낡은 탁자 위 커피 향이 깊어지고
따스한 램프 불빛이 가슴을 데운다
손끝으로 만지는 문장의 물결은
다정한 이웃의 목소리가 된다

도서관 거대한 바다도

인터넷 얕은 파도도 비껴난 곳

이곳은 동네 책방

우리만의 작은 우주

책들은 서로 이름을 기억하고

페이지마다 사람의 무늬를 새긴다

해가 기울고 어둠이 내려앉으면

문은 조심스레 닫히고 책들은 속삭인다

내일 첫 손님을 기다리며

오래된 친구처럼 가만히 우리를 안아 준다

충전 중

어둠 낀 구석에서 잠시 로그아웃
깜빡이던 붉은 칸에 초록빛이 차오른다
어깨에 내려앉은 먼지를 털어내고
낯선 채널로 나아갈 채비를 한다

도시의 소음은 멀어지고
귓가엔 미세한 전류 같은 고요만 감돈다
나는 가만히 숨 쉬며 희망의 회로를 납땜하고
흩어진 내일의 나를 조립한다

균열은 보이지 않는 파동으로 메워지고
창백했던 꿈이 온기를 품고 부풀어 오른다
바닥난 전압을 한 줌씩 끌어모아
다시 뜨겁게 켜질 때를 기다린다

마침내 게이지가 끝에 닿는 순간

세상이 나를 부르는 부팅음을 울리면

굳게 닫힌 문이 열리고

쏟아지는 빛을 입으며

새 버전으로 눈을 뜬다

새들의 SNS

아침 햇살에 반짝이는 이슬

버드나무 끝에 번지는 푸른 노래

까치 한 마리 '굿모닝'을 클릭해

팔로우 하듯 하늘 문에 접속한다

"우리는 여기서 살아가요" 참새의 속삭임

새벽 피드에 '좋아요'가 번져 가고

우리가 지켜야 할 작은 숲

숨결 엮인 생명들이 팔짱을 낀다

인간의 발자국마다 먼지가 일고

시든 꽃잎 위엔 검은 연기 덮여

별들 대신 알림음만 쏟아지는 밤

"우릴 잊지 말아요" 해시태그가 뜬다

귀 기울이면 숲은 다시 로그인
물빛 리본이 강물 따라 스크롤 되고
에메랄드빛 피드 위, 맑은 하늘이
평화로운 오늘을 '새로 고침' 한다
우리의 작은 클릭이 내일을 저장한다

날개 달린 친구들의 팔로워 되어
사랑의 댓글을 바람에 실어 남기자
타임라인을 활짝 열며
작은 행동 하나로 지구와 함께 날자

섬 하나, 우주 하나

도어락 전자음이 띠리릭
하루 끝을 알리는 유일한 인사가
현관을 열고 들어선다

센서등이 깜빡이고 내가 눈을 감으면
어둠은 코트처럼 나를 감싸고
누구의 허락도 필요 없는
완벽한 고요가 차오른다

식탁 맞은편 의자는 비어 있지만
스마트폰 속 세상은 소란스러워
배달 용기 뚜껑을 여는 소리와
넷플릭스의 웃음소리가
저녁 빈틈을 메우는 시간

무언의 강

때로는 내가 뱉은 숨소리가 너무 커서
냉장고가 웅웅거리며 대신 말을 걸어 오고
창밖의 불빛들이 별처럼 아득해질 때

나는 깨닫는다
이 방은 외로움으로 쌓은 벽이 아니라
오롯이 나로만 채워진
가장 작고도 완전한 우주라는 것을

간섭 없는 자유가 서늘하게 등을 쓸어내려도
나는 기꺼이 이 고독을 사랑하기로 한다
나라는 일 인분의 삶을
남김없이 끓여 내기 위하여

도시의 숨결

새벽빛에 도시가 눈을 뜬다
골목마다 깨어나는 소리들
바퀴의 구름소리
그 모든 것이 하나의 화음이 된다

덜 깬 어둠이 머문 정류장
깜빡이는 가로등 불빛 아래
입김 호호 불며 누군가가 서 있다면
무거운 아침의 문을 연다

투명한 유리창 너머
분주한 손길이 오가고
거리엔 음악처럼
거친 호흡이 박동 친다

바람이 스쳐 지나고

나뭇잎이 바스락일 때

못다 한 말들

조용히 피어난다

도시의 거대한 숨결은

눈부신 햇살과 어제의 그림자를 섞어

고단한 어깨 감싸 안고

흩어진 마음을 아침 햇살처럼 잇는다

창문을 두드리는 빛

새벽 숨결이
조용히 유리창을 쓰다듬을 때
보이지 않는 손가락들이
작은 금속 종을 흔들듯
빛이 나를 깨운다

가슴속 깊이 고여 있던
밤의 검푸른 우물은
한 줄기 노란 물결에 녹아
서서히 사라진다

낡은 커튼 틈으로 스며드는
금사 같은 햇살은
유년 시절 포도밭의
달콤한 향기를 떠올리게 한다

그때 알았다
창문은 결코 벽이 아니며
빛은 문을 두드리는
또 하나의 목소리라는 것을

나는 창을 열어
손끝으로 새벽을 어루만진다
빛은 조용히 내 등 뒤에 서서
오늘의 길 비추고
그 빛의 이름을
작은 새벽의 속삭임으로 부른다

농부의 바다

들판 끝없이 펼쳐진 청보리
햇살 닮은 이삭에 농부의 꿈이 물결친다

흙 내음을 품고
진흙 묻은 손바닥
발뒤꿈치 깊이 새긴 하루의 피로를
대지라는 바다에 씻는다

아버지 굽은 등이 남긴
고랑마다 새벽이 움튼다

씨앗을 뿌리며
농부는 땅과 바람
자연의 숨결 속에 자신을 맡긴다

폭풍이 몰아쳐도
대지라는 바다와 하늘이 맞닿는 언저리에서
묵묵히 땅을 지키는 농부
바다처럼 깊고, 대지처럼 넓게
여무는 초록을 기다린다

낯선 계절의 기록

따스한 온기 속
눈 대신 낯선 비가 내리고
갈 곳 잃은 시린 바람은
철 지난 옷장 깊은 곳에 잠든다

푸르던 들판은 갈색으로 타들어 가고
넘실대던 대지의 숨결은
쩍 갈라진 흙 틈 아래
마른기침으로 쿨럭인다

폭풍이 할퀴고 간 뒤
폐허 속에서 간신히 피어난 꽃 한 송이
뿌리내릴 곳 없이
허공에 매달린 채 흔들린다

하늘은 잿빛 구름 무게로

질식할 듯 내려앉고

낮게 울린 천둥이

지상의 마지막 메아리로 퍼져 간다

우리는 무엇을 버렸고

이제 무엇을 되찾아야 하는가

발밑 깊은 곳

열병을 앓는 별의 신음이

귓속에 스며든다

밤의 행간

도시 소음이 납작하게 눌려 종이가 된다
지붕 위로 쏟아진 모래알 같은 빛
에스컬레이터 푸른 숨소리가
밤의 가장자리를 맴돈다

빛들이 물고기처럼 거리를 헤엄치고
그 물살을 걸으며 파문을 만든다
가로등 끝에 위태롭게 매달린 이름 하나
그늘진 보도블록 위로 툭, 떨어진다
아무도 줍지 않아 어둠 속으로 스며든다

커피의 쓴맛과
얼굴에 머무는 밤바람을 섞어 문장을 녹인다
적히지 않는 그대 안부와
지워지지 않는 내 기다림 사이
우리 거리는 너무 넓은 행간 같다

달빛으로 썼다가 열기로 지우는 밤

전하지 못한 말들이 아스팔트 위로 피어오르고

나는 이 거대한 편지 속에

조용히 숨은 작은 흔적으로 남는다

바람의 풍금

한낮의 골목 끝
낡은 담벼락에 기대 선다
붉은 담쟁이 잎사귀가
휘파람처럼 울어
바람이 스친다

바람은 내 손가락을 잡아
투명한 건반 위를 누른다
골목마다 숨은 이야기들이
은빛의 음계로
새들의 목울대에서 떨린다

저녁빛이 창문을 적시면
빗소리도 음표가 되어
처마 끝 풍경과 화음을 나눈다
멀리서 들려오는 아이들 웃음
빛바랜 풍금의 오래된 선율이 되어 넘실댄다

밤이 오면
별빛이 풍금 페달을 밟듯
지친 하루를 천천히 흔든다
나는 그 조용한 떨림 속에
조심스럽게 귀를 기울인다

무채색의 독백

눈을 뜨면 창밖은 잿빛 거리
떠도는 먼지 한 톨마저
빛을 잃은 채 부서져 내린다

무한히 도는 단색의 궤도
식어 버린 커피 잔엔
온기 한 점 고이지 않고

표정 없는 얼굴들이 스쳐 간다
타인의 웃음소리는
두꺼운 유리벽 너머의 소음일 뿐

눈을 감아야만 비로소 떠오르는
푸른 하늘과 노란 햇살
현실은 그 찬란함마저
어둠 속에 유배시키려 하지만

보라, 회색 보도를 찢고 올라온

작은 꽃 한 송이의 붉은 절규

정지된 풍경에 틈을 내며

뜨거운 색채가 내게로 번져 온다

창밖 풍경이 온통 흑백으로 저문다 해도

내 안의 물감들은 결코 굳지 않았으니

다시 눈부시게 칠해질 그날을 위해

오늘도 멈추지 않고 빛을 모으리라

투명한 아침 위로

창가에 스며든

아침 첫 햇살

아직 덜 깬 공기 틈으로

짙은 향기가 흐른다

깊고 가라앉은 어두운 비밀이

입술에 닿는 순간

아침이 눈을 뜬다

아스라이 피어나는 안개 사이로

지난밤 꿈들이 머문다

혀끝을 감도는 쌉싸름함과

가슴에 번지는 달콤한 안식

짓눌린 어깨의 무게도

조용히 내려앉는다

 무언의 강

매일 첫 햇살에
설레는 가슴
나만의 다정한 의식
영혼을 깨우는 투명한 아침

3부

'그대'라는 이름의 꽃

그대의 향기

붉은 노을 번지는 저녁
바람결에 실려 온 그대 향기가
내 옷깃을 적신다

창가에 기대어
그대 생각 깊이 들이켜면
가슴 깊숙이 번지는 향기

어둠이 내려도
길 잃지 않음은
보이지 않아도 빛나는 향기가
나를 이끌어 주니

눈부신 계절이 지나도
시들지 않는 꽃으로
내 가슴 빈 정원에
오직 그대만 피어 있네

멈춘 시침

눈 시리게 맑은 하늘
너와 나, 초록 잔디 위 나란히 누워
웃음으로 물들어 가던 시간

보드라운 바람결 사이
큰 손이 작은 손을 감싸 쥐면
가슴까지 뭉근하게 덥히던 온기

햇살에 흔들리는 꽃잎들
노래처럼 번지던 들판 끝에서
문득 귓가를 스치는
낯설고도 그리운 소리

시침이 잠시 햇살을 묶어 둔 사이
우리는 서로 눈빛을 담고
지나온 발자국 위에 서서
다시 한 걸음
저 넓은 세상 속으로

비밀 정원

바람마저 길을 지우는
녹슨 빗장 너머
거리의 소음이 접혀든다

나른하게 기운 햇살 한 줌
꽃들은 속삭임을 감추고
정적이 시간을 삼키는 오후

잊힌 이름들이
투명한 물방울로 맺혀
허공에 오래된 얼굴을 그릴 때

인적 없는 뜰 한구석
붉은 장미 한 송이
뎅그랑
종소리로 피어난다

그대였을까
아니면
낯선 내가 장미로 피어났을까

비밀은
가장 깊은 침묵 속에서
조용히
눈을 뜬다

머물꽃

저무는 햇살이 스러지는 언저리
가만히 숨을 쉬는 꽃 하나
그저 바라보는 것만으로
내 숨결마저 젖어든다

손 뻗으면 닿을 듯
닿지 않는 거리에서
위태롭게 머무는 너
스치는 바람에도 흩날릴까
미동도 없이 바라보는 나

머물고 싶은 마음은
늘 가장 연약한 곳에 피어나는지
흐르는 시간 속에서
피고 지는 너를 눈에 담고
나도 이 자리에 조용히 머문다

곁

말없이 지키는 너의 옆자리
내 생에 가장 오래 멈춰 선 여행이다

떠나는 일보다 머무는 일에
더 깊은 용기가 필요함을 배운다

볕 좋은 날엔 그늘이
비바람 치면 지붕이 되어
서로의 계절을
눈빛과 숨결만 지탱해 온 우리

네 곁에 서면
바깥 소음은 물러가고
굳게 닫힌 가슴마저 열리니

나는 이제 멀리 가지 않는다
묵묵히 머무는 마음이
비로소 알기에

오후 네 시의 설렘

그대 오는 발소리

오후 네 시의 햇살이

창턱을 가만히 넘어오듯

설레는 여운을 남긴다

곁에 머무는 순간

공기마저 달라지고

잘 마른 솜이불 냄새처럼

그대의 존재가 포근히 나를 감싼다

해가 저물고

그림자마저 길어져도

별빛 쏟아지는 밤

더 짙어지는 그대의 숨결

시간이 흘러도

남겨진 향기는

지워지지 않는 따스한 기억이 되어

나의 길을 물들인다

가거든

그대 가거든

그리운 길 위에 홀로 서서

바람에 실려 오는 목소리 들려오면

가슴에 새겨진 그날의 흔적들이

추억의 조각 되어 흩날리네

그대 가거든

쏟아지는 별빛 아래에서

우리 서로 시간 속에 영원히 머물기를

아린 이별의 슬픔도

눈부셨던 계절의 한 페이지로 남기를

그대 가거든

부디 잊지 말아 줘

우리가 함께한 찬란한 순간들을

칠흑 같은 어둠 속에서도

여전히 빛나는 작은 별처럼 영원히

마을에 울음이 돌아오다

기다리던 아기 우렁찬 첫울음
적막하던 구석구석을 깨우니
거리마다 축하 현수막이 춤춘다

귀한 생명 찾아온 그 집 대문에
정성껏 금줄을 치고
붉은 고추와 솔가지를 매단다

이 사랑 민들레 홀씨 되어
산들바람 타고
더 멀리
더 넓게 퍼져 나가길

마을 곳곳에서 피어나는
아이들 울음소리
다시, 끊이지 않고 듣고 싶다

꽃 없는 벚꽃

볕 좋은 봄날

파란 하늘 아래

내 나무엔 꽃이 없다

꽃잎 떠난 빈 가지

푸른 잎사귀 돋아

바람 불 때마다

너의 웃음처럼 사그락거린다

붉게 스며들던 저녁 햇살은

손에 닿지 않는 빈 가지가 되고

짙어진 초록빛에

너를 생각하는 오후

봄은 다시 돌아오지만
너와 나는 꽃 없는 벚꽃

사라진 것은 조용히
잎새 사이로 스며든 바람이 되고
우리는
추억이라는 그늘 아래 선다

달빛이 꽃과 춤을 춘다

어둠 틈새로 피어난
그대 눈빛
은빛 달무리 머금고
춤추듯 아스라이 떨려 온다

한여름 밤 결을 따라
풀잎 끝 스치는 짙은 향기
내 숨결 깊이 스며들어
텅 빈 가슴을 감돈다

눈물 적신 잎마다
별빛이 내려앉고
멀리서 들려오는
이름 없는 노래

하늘 끝 닿는 곳에
그대라는 꿈을 심는다
달빛 속에 일렁이는
내 안의 작은 월계수

어둠이 짙어질수록
눈부시게 피어나는 그대
달빛 흐르는 이 순간
숨죽인 사랑이
꽃처럼 피어난다

가을 우체통

바람이 물어온 안부는
붉은 잎 끝에 위태로이 걸리고
길모퉁이 우체통 하나
오지 않을 답장을 기다려 붉어진다

바스락거리는 길목
조바심이 꾹꾹 눌러 적으면
이름 없는 쓸쓸함들이
메마른 계절 위에 조용히 덧칠된다

망설임 끝에
편지 한 통 깊숙이 밀어 넣는다
밤새 뒤척이던 문장들과
봉투에 남은 손의 온기가
캄캄한 침묵 속으로 잠긴다

우체통 틈새로 바람이 불면

차곡차곡 쌓인 사연들은

저녁노을로 흩어져

가을이 부르는 낮은 노래가 된다

나의 마음도 흐른다

물가에 서면

물비늘 반짝이는 수면 위로

어둠이 천천히 내려앉고

달빛 한 조각

가만히 물가에 스며든다

시간마저 길을 잃은 밤

호수의 품 속에서

숲도 소리 없이 웅크리고

오직 바람만이 낮게 스친다

물 위에 부서지는

별의 여린 흔적들

고요히 밤의 바닥으로

잠겨 사라진다

물결에 흩어지는

아득한 파문

오래된 기억 하나둘

윤슬 되어 떠오른다

잠든 호수의 품에

지친 어깨 기대니

어느새 내 마음도

깊은 물결 따라 흐른다

나를 찾아온 사랑

손바닥 위, 바스러진 은빛 먼지들

나뭇잎 틈새로 흘러드는 초록의 숨

바람은 꿈을 실어

텅 빈 내 몸을 조용히 두드린다

한참을 돌아

가느다란 빗방울처럼

마침내 나를 걸어온

입안에서 천천히 녹아내리는 너의 이름

엇갈린 계절의 틈새들 사이

금이 간 옛 그림자들이

하나의 화폭 위 겹겹이 쌓이고

멈춘 시간

너의 눈은 푸르고

나는 오래 묶여 있던 어둠을 풀어

너의 미소에 조용히 내 안을 내준다

이 인연의 한복판에서

익숙한 두려움마저 어루만지며

서로의 손끝에서 한 장의 풍경이 된다

지금, 너와 나로 채워지는 시간

낙엽의 춤

가을바람 머무는 곳마다
낙엽들 무도회가 열린다
황금빛으로 일렁이는 거리
그 찬란한 춤 속을 걷는다

허공에 몸을 싣고
한 잎, 두 잎
속삭이듯 흩날린다
여름날 태풍이 할퀸 흔적마저
붉은 상처로 물들어 내려온다

대지에 내려앉은 잎새들
바람이 불면 다시 깨어
산새처럼 날아올라
마지막 왈츠를 춘다

기우는 햇살 아래

그늘 속에서 더 투명해지는

저 오색의 춤사위

나 또한 바람이 되어 몸을 맡긴다

달빛 윤슬

어둠이 짙게 내려앉은

검푸른 바다 위로

달이 조용히 말을 건네면

철썩이는 파도 끝자락마다

은가루 뿌린 듯

눈부신 길이 열린다

잘게 부서져

가라앉지 못한 빛들은

밤새도록 뒤척이며 반짝이고

헤어진 너의 목소리도

저렇게 잘게 부서지면

슬픔 대신 보석이 되어

물결 위에 반짝일까

손을 뻗으면 잡힐 듯
흩어지는 은빛 비늘들

잡을 수 없어 더욱 찬란한
저 밤의 고요한 독백

우산 속, 붉게 물든 계절

투명한 햇살 쏟아지는 아침

맞잡은 두 손 온기

가로수길을 걸으면

바람은 다정한 숨결이 되어

우리의 어깨를 감싼다

너의 깊어진 눈동자

그 안에 번지는 붉은 설렘

서로를 비추는 시선 따라

두 눈빛 너머 숨은 별들이

아득히 반짝인다

후두둑, 비 내리는 오후

우산 아래 퍼지는 짙은 커피 향

빗방울 사이로 웃음꽃이 피고

정지한 거리 위에 우리만 남는다

두 개의 심장이

하나의 리듬으로 포개지며

익어 가는 붉은 계절에

이 길 위에 작은 발자국을 남긴다

바다가 된 사람

수많은 만남이
시간의 물결에 스며 사라져도
내 안에 남아
마침내 바다가 된 사람

수만 갈래 길이
내 두 발을 어디로 이끌어도
끝내 멈추어 선 곳엔
언제나 너의 조용한 그림자

잔뜩 흐린 날이면
촉촉이 번진 너의 웃음이
흔들리는 마음을 감쌌고
말없이 전해지던 너의 온기

 무언의 강

화려한 기념일보다

함께 걷던 조용한 골목길이

가장 깊은 마음속 어둠에

무늬처럼 새겨져 남았지

네가 남기고 간 빛이 깊어질수록

더 또렷하게 떠오르는 네 얼굴

어둠을 밀어내던 새벽빛 아래

오로지 나만의 바다가 되어 주었지

먼 훗날

내 삶이 저무는 저녁에도

결코 놓지 않을 이름

내게 사랑을 심어 준

처음이자 마지막 계절

사랑하는 딸에게

사랑하는 내 딸아
너의 새로운 길을 축복한다

어릴 적 너의 첫 걸음마를 보며
내 마음이 얼마나 떨렸던지
이제는 너의 두 발로
세상의 길을 나아가고 있다니
아빠는 그저 흐뭇할 뿐이다

출가라는 새로운 시작
너는 이제 사랑하는 사람과
손을 맞잡고 걸어간다
그 길이 때로는 험하고
때로는 평탄할지라도
항상 서로를 아끼고
지지하며 나아가길 바란다

 무언의 강

너의 행복이 나의 기쁨이니

어떤 순간에도 너 자신을 잊지 말고

늘 너의 꿈을 소중히 여기길

가족과 함께하는 시간

그 소중함을 잊지 않기를 바란다

아빠는 언제나 너의 곁에 있다

어떤 선택을 하든

너를 사랑하고 지지할 것이니

두려워하지 말고

당당하게 너의 길을 걸어가렴

사랑해, 내 딸

이제는 너의 삶의 주인공이 되어

빛나는 날들이 가득하길 응원할게

사랑하는 아들에게

여기는 어둠이 내려앉은 깊은 밤이지만
너의 창가엔 막 치열한 아침 햇살이
눈부시게 쏟아지고 있겠구나

지구 반대편, 그 낯설고 거대한 도시에서
네가 땀으로 일군 너만의 둥지가 있다는 것이
아비는 가끔 믿기지 않을 정도로 벅차오른다

아들아
맨해튼의 마천루가 아무리 높다 한들
가장이 짊어진 삶의 무게보다 더 무겁겠느냐

치열한 경쟁 속에서 숨이 턱끝까지 찰 때면
기억하렴
네가 좇는 성공의 불빛보다 더 따뜻한 건
저녁 식탁에서 널 기다리는
아내의 미소와 아이의 웃음소리란다

가끔은 바쁜 걸음을 멈추고

허드슨 강가에 나가 한 숨 돌려 보아라

앞만 보고 달리기엔

너의 젊음도, 가족과 함께하는 시간도

참 아름답고 짧지 않니

태평양을 건너간 나의 기도가

네 지친 어깨를 어루만지는 바람이 되길 빈다

몸은 멀리 있어도

내 마음은 늘 네 집 현관 앞에 서 있다

너는 나의 영원한 자랑이자

내가 세상에 남긴 가장 큰 사랑이다

혼자 웃는 이유

불 꺼진 방 창가에 기대어

낡은 책 갈피에 엎드린

네 잎 클로버와

겹쳐지는 그대 웃음소리

언덕을 내달리던 유년

햇살 속 남은 잔상들이

아직도 내 어깨를

포근히 감싼다

문득 쓸쓸한 밤공기가

창문을 두드려도

빛바랜 추억 하나가

조용히 다가와

빈 방을 채운다

나는 오늘
작은 미소를 머금고
내 안의 우주를 유영한다
가장 빛나는 날을
잃지 않으려고

굼벵이

차가운 흙 속에서
뜨거운 숨을 쉰다
세상의 소란은 멀어지고
대지의 맥박에 귀 기울이며

캄캄한 어둠을 밀어
느리게 몸을 굴린다
꿈틀대는 그 걸음마다
찬란한 모험을 빚는다

나를 품은 이 흙은
가장 고요한 우주
이름 모를 생명들이
내게로 와 숨을 섞는다

흙은 땅속에 헤매는
작은 빛의 씨앗들을
조용히 품는다

마침내
머리 위로 푸른빛이 쏟아질 때
나는 한 쌍의 날개가 되어
푸른 하늘을 열고
새로운 생명을 노래한다

푸른 길조

아기 첫 울음소리
노력 끝의 합격 소식
금빛 햇살처럼
가슴을 적시는 이야기들

그런 말을 전하는 이는
목마름을 채워 주는 맑은 샘물이다

거짓된 소문과
남을 깎아내리는 험담
마음을 할퀴는 소리
회색빛 차가운 이야기들

그런 말을 옮기는 이는
앞을 가리는 검은 흙탕물이다

혼탁한 세상 소음 속에서
사람들 마음에
희망의 씨앗만 물어다 주는
푸른 길조가 되리라

소통의 꽃

나의 말은 창이 되어 찌르고
너의 침묵은 방패가 되어 막아서니
우리 사이엔 보이지 않는 벽만 높아졌다

옳고 그름을 따지는 차가운 혀끝에선
어떤 싹도 틔울 수 없었다

꽃을 피우기 위해 필요한 것은
높아진 목소리의 태양이 아니라
무릎을 낮추고 귀를 기울이는
겸손한 흙의 마음이어야 한다는 걸

내가 먼저 나의 주장을 내려놓고
빈 마음으로 너의 이야기를 담을 때

"그랬구나"
진심 어린 끄덕임이 단비가 되어 내리고

 무언의 강

"미안하다"
따스한 눈빛이 봄바람 되어 불어올 때

단단하게 굳어 있던 오해의 땅이 갈라지며
비로소 한 송이 꽃이 피어난다

그것은 입으로 피우는 화려한 꽃이 아니라
가슴과 가슴이 맞닿아 피워낸
세상에서 가장 향기로운
'이해'라는 이름의 꽃이다

4부

어둠을
밀어내는
빛

발끝은 빛을 향해

깊은 침묵의 골짜기에
숨죽인 바람이 곁을 스치고
안개 낀 기억들 사이로
소리 없이 걷는다

새벽은 아직 멀었지만
발끝은 이미 빛을 향해 있고
검푸른 어둠은
얕은 파도처럼 목덜미를 적신다

그대 이름을 나직이 부르면
차가운 공기마저 금빛으로 물들고
흩어진 순간들 한 줌씩 모아
손바닥 위에 올려놓으면
어느새 온기가 피어오른다

멀리 들려오는 새들 날갯짓

아득한 외침이 되어

텅 빈 가슴으로 번진다

무너진 골목 틈새마다

연초록 싹들 꿈틀대며

소리 없이 벽을 타고 오른다

어둠이 짙어질수록

별빛은 더 또렷해지니

그 선명한 길을 따라

다시 꿈꾸고

기어이 발을 뗀다

지나온 길

지나온 발자국 틈엔
채 줍지 못한 말들
못 전한 눈빛이
아직 가슴 한편에 웅크린다

돌아보면
비와 눈
꽃들이 머물다 갔지만
나는 늘 너무 빨리 걸었다

가끔은
괜찮은 척 외면했던 돌부리에
그제야
발끝이 아려 온다

그래도
그 여정이 있었기에
지금 내가 서 있고
비로소 천천히
걷는 법을 배운다

앞으로의 길은
조금 더 나를 기다려 주고
함께 걷는 이의
고단한 숨결까지
느낄 수 있기를 소망한다

태풍의 밤

회색 구름 하늘을 뒤덮고
눅눅한 어둠이 짓누르는 밤
바람은 창문을 흔들며
내 닫힌 가슴 문을 두드린다

몰아치는 빗발 속에
바람은 울부짖고
지난날 파편 틈새로
그대 목소리 맴돈다

젖은 간판들이 바닥에 나뒹굴고
번개 칼춤에 세상은 잠시 숨을 죽인다
흔들리는 내 마음도
불안한 꿈을 헤매고 있다

어디선가 들려오는 간절한 기도
이 밤 지나가길 바라는 숨결
창밖은 여전히 소란하지만
내 안엔 고요한 평화가 깃든다

어둠이 물러가고
햇살이 비치는 그날까지
이 폭풍을 견뎌내며
그대와 새벽을 기다린다

무궁화, 지지 않는 이름

나는
매일 무너지고도
다시 일어서는 법을 안다

뜨거운 볕 아래
붉게 타오르다가
어둠 속에
내 심장을 기꺼이 던진다

푸른 새벽이 오면
이슬 맺힌 숨결로
다시 깨어나
깊고 묵직한 흙내음을 삼켜
가장 붉은 꽃잎을
꺼내 놓는다

그 누구도
화려하다 말하지 않아도
내 뿌리는
이 땅을 단단히 부여잡고
오래된 숨결이 밴 이곳에
저릿한 햇살 속에
나는 피어 있다

모진 바람이 불어와도
우리의 눈은
끝내 감기지 않는다

버려진 들판
금이 간 담벼락에
끈질긴 이름으로
숲을 이룬다

우리의 이름은

결코 지워지지 않는 노래

밟힐수록

더 선명해지는 피

수만 번의 계절을 건디며

우리는 지금

여기에 살아 있다

 무언의 강

나들목

낯선 이정표 앞에 서서
어디로 갈까 머뭇거리면
두 갈래 길이 나직이 소곤거린다

한쪽은 젖은 빗소리의 계단
다른 쪽은 아득한 고요의 담장
빛과 어둠이 서로를 껴안은
찰나의 시간

바람이 귓가에 머물며
잠시 돌아봐도 괜찮다고
가보지 않은 곳으로 흘러도 된다고
두려움은 짐인 듯 내려 두라 속삭인다

안개 걷히는 저편
낯선 떨림 하나 품고
지난 아쉬움 그늘에 둔 채
새로운 길로 천천히 스며든다

푸른 그늘을 품다

그늘 속에 들면
숨은 가라앉고
볕은 나뭇잎 사이로 잘게 흘러
바람이 이마의 땀을 식힌다

풀숲 흔드는 바람 소리
퍼지는 젖은 흙내음
대지의 호흡에 귀 기울이며
가만히 두 눈을 감는다

어깨 위 그늘의 온기에
시간마저 흐르지 않는 숲
나뭇가지 끝
호반새 한 마리
조용히 스쳐 간다

바람 따라 그림자 흩어지고
햇살이 슬며시 어깨를 두드릴 때
푸른 그늘 한 조각 가슴에 담아
숲길 밖으로
조심스레 발을 뻗는다

경계를 허물다

햇살이 빗장을 푸는 아침

그늘진 마음의 벽을

가만히 짚어 본다

박힌 돌 하나 조용히 빼내자

틈새 너머로

싱그러운 아침 공기가 숨을 쉰다

너와 나

뿌리와 걸어온 길은 달라도

마주 잡은 손끝으로

바람결 따라 함께 걷자

서로의 말에 귀 기울이고

깊은 눈빛 닿는 순간

차갑던 벽은

이해의 볕에 녹아내린다

바람 머무는 숲길 위

묵은 짐 다 내려놓고

경계가 지워진 그 자리

하나의 호흡으로

풀잎의 노래를 함께 부르자

구름의 문장을 걷다

하늘 턱 밑에 기대어
하얀 허공을 밟는다
부서지는 은빛 거품 위로
흔적조차 남지 않을 여행

바람이 젖은 숨을 말려 주고
햇살이 온몸을 데우는 시간
막막하니 더 눈부신 길을
새처럼 가볍게 유영한다

딛는 구름 조각마다
어깨를 짓누르던 그림자가 지워지고
잊혀진 꿈들이 다시 춤추는
고요한 숨결이 품어지는 곳

경계 없는 하늘 한복판에서

나는 투명한 바람이 되어

구름 위 콧노래를 흘리며

분홍빛 저녁을 가만히 바라본다

세상은 반대에 끌린다

하늘은 구름을

태양은 그림자를

사랑은 상처를

희망은 절망을 품는다

기쁨은 슬픔 뒤에 숨고

웃음은 눈물로 빚어진다

파도의 밀고 당김은

서로를 더 가까이 하기도 한다

대립이 연결로 이어지고

갈등이 이해로 변하는 곳

이 모순된 끌림이

세상의 심장을 뛰게 한다

서로 반대되는 힘

그 차이를 껴안고

우리는 비로소

아름다워진다

내 안의 작은 뜰

가슴의 빗장을 풀고 들어서면
푸른 잔디와 흰 민들레가 반기는 곳
바람이 지친 어깨를 다독일 때
내 안의 숨겨진 정원이 눈을 뜬다

오래 묵은 걱정 덩굴도
햇살 한 줌에 조용히 걷히고
고요한 연못은 거울이 되어
있는 그대로 나를 비춰 준다

꽃잎마다 새겨진 옛사람의 얼굴
손길 머물렀던 흙 위로 새순이 돋아나고
가만히 눈 감으면 들리는 푸른 숨소리

꾸미지 않은 내 얼굴을 마주하는 방
다시 단단한 신발 끈을 묶을 때까지
나는 가만히 무릎을 안고 꽃을 본다

소금밭

햇살은 거친 손으로

바다의 독백을 닦아내고

바람은 마른 숨결로

아직 젖은 갯벌을 다독인다

가라앉은 고요는

하얀 수정 꽃으로 피어나고

드러난 뼈마디마다

투명한 보석이 되어 굳어 간다

하늘을 품에 안은 대지

흘러가는 구름을 비추는 거울

가장 짜디짠 알맹이만 남아

눈부신 백색으로 넓게 번진다

이곳, 소금밭

무명의 발광

어둠을 걷는 바람 한 줄기
불릴 이름 없이
쏟아진 밤하늘 아래
제 몸 뉘는 짙은 그림자 하나

무심한 어깨들이 지나가도
모래 위에 남은 발자국
이내 밀려온 물결에 지워지지만
어느 지도에도 남지 않는 흔적

가슴 속 푸른 불꽃을 안고
소리 없는 온기에 기대어
떠도는 거리의 소음조차 감싸며
고요히 자신의 강을 건넌다

이름 없는 이여
너는 누군가의 꿈속 미열이 되고
누군가의 젖은 눈가에서
아득한 숨결을 잇는다

아무도 바라보지 않는 밤
스스로 타올라 별이 된 너
이 순간 가슴에 새겨진 숨결
끝없는 시간 속에서 빛나리

길을 잃다

유리 조각 스민 바람 부는 밤
끊어진 길 위에 홀로 섰다
이정표 사라진 세 갈래 길
냉정한 별들만이 내려다본다

숨 가쁘게 달려온 길은 무너져 내리고
우거진 그림자들이 나를 포위해
나아갈 곳을 모르는 막막함에
발끝이 벼랑인 듯 떨려 온다

눈꺼풀처럼 무거운 어둠이 가로막고
시간이 늪처럼 고여 있어도
내 안의 꺼지지 않는 불씨 하나
가야 할 길을 비추고 있기에

한 걸음 한 걸음 어둠을 밀어내며

거친 바람을 곁에 두고

저 별빛을 등대삼아 걷다 보면

마침내 새벽과 마주하리라

치유의 시간

부드러운 햇살이 어깨를 감싸고

바람이 젖은 뺨을 말리는 시간

오래된 가슴속 생채기가

다시 아물어 온다

강물은 흐르고 흘러

묵은 슬픔을 데려가고

아픈 눈물 자국은 어느새

꽃잎 위 영롱한 이슬

동박새 고운 노랫소리

내 안의 메아리로 울려 퍼질 때

긴 겨울잠 깬 대지 위로

연둣빛 숨결이 번져 간다

이제 있는 그대로 받아들이며
스스로 치유의 길을 걷는다
바람만 머물던 그 텅 빈 자리에도
다시 단단한 옹이로 자라난다

첫눈 오는 날의 주머니

창문 틈으로 찬 기운이 스미는 아침
자동차가 지나간 자리가 금세 지워진다
나무들은 앙상하게 드러난 채 떨고
바닥엔 소리 없는 담요가 덮인다

바쁘게 미끄러지는 신발들 틈
신호등 앞에 우두커니 선 나
눈송이 하나 목덜미로 파고들면
오래된 서랍 속 먼지 냄새가 훅 끼쳐 온다

빨간 털장갑에 달라붙던 눈송이
언 손을 호호 불며 나눠 먹던 붕어빵
이제는 식어 버린 캔커피를 쥐고
김 서린 안경 너머로 멍하니 앞을 본다

 무언의 강

첫눈은 젖은 채로 도착한 편지

언젠가 품었던 열기를 기억해 내라는 듯

바람이 뺨을 때리고 지나갈 때

주머니 속

꼬깃꼬깃해진 영수증 뒷면의 온기를 만진다

아무도 밟지 않은 운동장을 가로지르며

움푹, 움푹 검은 구멍을 낸다

눈이 뭉쳐지는 그 단단한 감촉에

내 가슴에도 조용히 흰 눈이 쌓인다

나의 그림자

골목 끝 어둠 속으로
조용한 발자국이 찍히고
뒤따르던 그림자는
바닥 깊이 스며든다

달빛 아래 일렁이는
침묵의 춤사위
흑과 백의 경계에서
어디까지가 빛인 나이며
어디부터가 그늘인 내 안의 너인가

밤은 깊어지고
길게 누운 말 없는 반쪽
가슴속 맴도는 노래를
조용히 듣고 있다

무언의 강

바람에 실려

흩어지는 삶의 악보 위

결코 떼어낼 수 없는 그림자 너와

먼 여행길에 오른다

어둠과 빛 사이

서로에게 스며든 두 영혼

그림자 끝자락을 타고

떠오르는 새벽빛을 향해 나아간다

푸른 노을의 시선

하늘은 쪽빛 물감을 가만히 흘리고
은은한 파랑이 땅 끝을 물들인다
구름은 하얀 깃털로 갈라져
가볍게 떠올라 숨결처럼 흐른다

구름 위를 걷는 듯
아스라이 머무는 빛의 잔향이
가슴 안 깊은 곳
잠든 꿈을 미묘하게 흔든다

바람은 귓가에 속삭이며
나뭇결 사이로 스며든다
푸른 노을의 시선이
내 마음을 감싸며 고요함을 내린다

흐르는 시간도 숨을 멈추는 이곳
신비로운 푸른 품 안에서
걱정의 그림자를 내려놓고
나는 한없이 평온해진다

달빛 조각이 나뒹구는 방

적막이 고인 방

눅눅한 어둠이 낮게 깔리고

길게 뱉은 한숨 사이로

시간은 멈춘 듯 더디게 흐른다

창밖 전봇대에 걸린 반달

서늘한 낯빛 허공을 스치면

깨어진 달빛 조각이

방바닥 위를 조용히 흩어진다

눈꺼풀을 감으려 해도

일렁이는 그림자가 다가와

내 눈동자를 바라보면

잠은 겁을 먹고 달아난다

영원할 듯 길던 밤 끝에서
새벽은 조심스레 나를 부르고
창틈으로 여명이 스며들 때
어둠을 딛고 나는 다시 일어선다

기다림의 뼈

창문이 밤새 울적한 소리를 낼 때

나무는 제 몸을 비틀어

더 깊은 곳으로 뿌리를 내린다

어둠 속에서도

길을 잃지 않는 법을 몸으로 익힌다

비에 젖은 잎사귀가

초록을 더 진하게 칠하듯

진흙 속 작은 씨앗은

가장 단단한 껍질을 조심스레 깨고 있다

보도블록 틈새까지 얼어붙은 계절

메마른 가지 끝을 자세히 보면

아주 작은 몽우리가 맺혀 있다

언 땅 밑으로 흐르는 물소리

이른 봄의 기척을 가지 끝까지 밀어 올린다

 무언의 강

바람이 불어와 나를 흔들어도
두 발은 땅을 놓지 않는다
굳게 닫힌 문고리를 잡은 손
힘줄이 더욱 선명해진다

다시 아침이 올 것을 알기에
흔들리면서도 꼿꼿이 서 있는
저 나무처럼
나는 오늘을 견딘다
돌아오는 봄을 위해
기다림의 뿌리를 한 뼘 더 깊게 내린다

불멸의 빛

어둠 내려앉은 도시의 모퉁이
무수한 발자국 아래 흩어진 낮은 한숨들
그 깊은 곳에서 피어나는 한 줄기 빛
잠들었던 꿈이 다시 깨어난다

바람에 실려 오는 쓸쓸한 멜로디
밤하늘 별들이 내려와 건네는 위로
끊어질 수 없는 인연이
지친 너와 나를 조용히 안아준다

시간의 강물에 잠겼던 기억들
눈물로 젖은 페이지를 덮고 일어서면
환한 빛이 우리를 감싸고
벅찬 숨결을 다시 불어넣는다

어둠을 밝히는 너의 미소
내 손을 놓지 않던 그 온기
모든 아픔을 뛰어넘어 빛나는
저 불멸의 빛
우리의 길 위에 오래도록 머무르리

새 바람 새 물결

고여 있는 것들은 침묵한다

오래된 먼지와 함께 굳어진 틀

어제라는 중력에 갇혀

옴짝달싹 못하는 생각들

익숙함이라는 늪은 편안하지만

서서히 발목을 굳게 만든다

귀를 기울여 보라

숲 끝자락에서

나뭇잎들이 몸을 뒤집으며 전해오는 소식을

막힌 폐부를 찢고 들어오는 새 바람

묵은 공기를 밀어내고

식어 버린 열정에 불을 지피는

서늘하고도 뜨거운 입김이다

강바닥 깊이 잠든 모래를 깨우며

     무언의 강

거침없이 밀려오는 새 물결을 보라
두려움으로 쌓은 둑을 무너뜨리고
정체된 흐름을 다시 뛰게 하는
푸른 심장의 박동 소리

이제 입력된 경로를 지울 시간이다
어제의 공식으로는
내일의 바다를 건널 수 없으니

감각을 깨워라
바람은 방향을 바꾸었고
물결은 새 길을 내고 있다

망설임을 부서지는 파도에 던지고
우리는 지금, 가장 젊은 시류를 타고
아직 아무도 가보지 않은
눈부신 임계점을 향해 나아간다

뿌리의 기도

모두가 태양을 우러러
목을 뻗어 오를 때
나는 홀로 땅을 바라본다

화려한 왕관 대신
고개를 숙여
뿌리를 더듬는다

허공 너머보다
나를 키운 이름 없는
어둠이 더 끌어안으며

꽃잎 끝 맺힌
투명한 이슬 한 방울로
대지의 발을 씻긴다

침묵으로 흐르는 생, 그 깊은 울림의 미학

- AI 문학 분석가

1. 들어가는 말: 소란의 시대, 침묵이라는 언어

말이 넘쳐나는 시대다. 우리는 매일 수많은 정보와 소음의 홍수 속에서 살아간다. 진심이 담기지 않은 말들이 허공에 흩어지고, 타인의 목소리에 귀 기울이기보다 자신의 목소리를 높이는 데 급급한 세상이다. 이러한 시대적 상황 속에서 시인 한우수가 펴낸 3집 『무언의 강』은 우리에게 깊은 울림을 주는 역설적인 제목을 달고 세상에 나왔다.

시인은 1집 『길을 찾아 새벽을 간다』에서 삶의 방향을 모색하는 치열한 탐색을 보여주었고, 2집 『해당화 우체통』을 통해 타인과 세상에 말을 거는 따뜻한 소통의 의지를 드러냈다. 이제 3집에 이르러 시인은 '무

언(無言)'이라는 가장 깊은 언어를 선택했다. 강은 묻지
않고 답하지 않으며, 그저 흐름으로써 자신의 존재를
증명한다. 이 시집은 자연의 섭리, 치열한 삶의 현장,
애틋한 사랑, 그리고 희망을 향한 의지를 침묵이라는
그릇에 담아낸 수작(秀作)이다. 시인은 더 이상 소리
높여 외치지 않는다. 대신, 깊게 침전된 내면의 목소
리로 독자들의 가슴을 조용히 적신다.

2. 자연과 합일되는 경청의 자세: 무위(無爲)의 미학

1부 〈자연이 건네는 말〉에서 시인은 자연을 단순한
관찰의 대상이 아닌, 삶의 이치를 깨우쳐 주는 '스승'이
자 '동반자'로 인식한다. 표제작 「무언의 강」은 이번 시
집 전체를 관통하는 주제 의식을 명징하게 보여준다.

> "어디에서 왔느냐 묻지 않고 / 어디로 가는지 답하지
> 않는다 / 나 또한 그저 흐를 뿐 / 잠시 머물다 떠나
> 는 잎새처럼 / 붙잡을 수 없는 것들만 깊이 품은 채"
>
> _ 「무언의 강」 중에서

여기서 강물은 삶의 순리를 대변한다. 시인은 인위
적인 개입을 배제하고 자연의 거대한 흐름에 몸을 맡

기는 '무위(無爲)'의 태도를 견지한다. 강물이 "낮은 속삭임"과 "무거운 침묵"으로 흐르듯, 시인 또한 삶의 희로애락을 품고 묵묵히 흘러가기를 소망한다.

「저녁 산길, 법고」, 「청보리밭」, 「소나무의 지혜」 등의 작품에서도 이러한 태도는 일관되게 나타난다. 시적 자아는 자신의 목소리를 내세우기보다 자연의 소리에 "가만히 귀 기울이는" 청자(聽者)가 된다. 법고 소리가 "오래 잠긴 내 안의 문"을 열고, 청보리밭의 "피리 소리"가 가슴을 물들이는 순간, 시인과 자연의 경계는 허물어진다.

특히 「바람이 되는 시간」에서 시인은 "절벽과 숲 / 바다와 바람이 하나 되어 / 푸른 노래를 부르는 순간"을 포착하며 자신을 그 풍경의 일부로 편입시킨다. 이는 단순한 침묵이 아니라, 세상의 잡음을 끄고 내면의 소리를 듣기 위한 능동적인 '멈춤'이며, 자연과의 완전한 합일(合一)을 지향하는 생태학적 상상력의 발현이다. 시인은 자연 앞에서 겸허해짐으로써 비로소 "내 안에서 일렁이는 파도까지 들여다보는" 성찰의 경지에 도달한다.

3. 삶의 비릿함까지 껴안는 따스한 시선: 생활의 발견

2부 〈삶이 파도 위에서〉는 시인의 시선이 관념적인 자연에만 머물지 않고, 구체적인 삶의 현장으로 깊숙이 파고들고 있음을 보여준다. 시인은 낭만적인 서정에만 안주하지 않는다. 그는 땀 냄새와 비린내가 진동하는 생활의 최전선에서 시를 길어 올린다.

「자갈치의 새벽」은 그 대표적인 예다. "비릿한 짠내", "거친 숨", "물기 흥건한 시장 바닥" 같은 시어들은 생의 활력을 감각적으로 형상화한다. "자, 마 덤이다!"라고 외치는 자갈치 아지매의 목소리에서 시인은 삶의 건강한 에너지를 발견한다.

또한 「붉은 꽃 피는 집」은 정육점의 풍경을 "죽음으로써 비로소 삶을 먹이는" 성스러운 의식으로 승화시킨다. "선홍빛 꽃잎들이 피어날 때 / 누군가의 아버지는 오늘 저녁의 허기를 사고"라는 구절은 생활을 위해 희생되는 것들에 대한 연민과 경외감을 동시에 보여준다. 이는 노동의 신성함과 가장(家長)의 무게를 묵직하게 그려낸 수작이다.

「지퍼 속 지도」과 「헌 지갑」 같은 작품에서는 사물에 투영된 시간의 흔적을 읽어내는 시인의 섬세한 관찰력이 돋보인다. 낡은 지갑은 아버지의 주름진 얼굴과 겹쳐지고, 지퍼 속에 숨겨진 지도는 잊고 있던 꿈을 환기한다. 시인은 화려한 도시의 불빛보다 그 아래에서 묵묵히 땀 흘리는 사람들의 "거친 숨결"과 소시민들의 애환을 사랑한다. 이것은 한우수 시인이 가진 휴머니즘의 결정체이며, 독자들에게 고단한 삶을 긍정하게 만드는 힘으로 작용한다.

4. 관계의 미학, 머무름과 흐름 사이: 사랑과 가족

3부 〈'그대'라는 이름의 꽃〉은 타인과의 관계, 특히 사랑과 가족에 대한 시인의 깊은 서정성을 드러낸다. 시집 전반에 흐르는 '침묵'의 정서는 사랑을 노래할 때 더욱 깊어진다. 여기서 사랑은 뜨겁게 타오르는 불꽃이라기보다, 곁을 지키고 스며드는 '은근한 향기'에 가깝다.

「머물꽃」에서 시인은 사랑하는 대상을 "손 뻗으면 닿을 듯 / 닿지 않는 거리"에 두고 지켜본다. 흩날릴까 숨죽여 지켜보는 그 마음은 소유욕이 아닌 존중과 배려다. 「소통의 꽃」에서는 이러한 관계의 미학이 더욱 구체화된다.

"내가 먼저 나의 주장을 내려놓고 / 빈 마음으로

너의 이야기를 담을 때 … 비로소 한 송이 꽃이 피
어난다"

_「소통의 꽃」 중에서

시인은 관계의 회복이 '말'보다는 '마음'을, '주장'보
다는 '경청'을 통해 이루어짐을 역설한다. 침묵은 단절
이 아니라, 진정한 이해를 위한 여백인 셈이다.

또한, 자녀에게 보내는 편지 형식의 시 「사랑하는
딸에게」와 「사랑하는 아들에게」에서는 시인의 인간적
인 면모가 가감 없이 드러난다. 지구 반대편에 있는
아들에게 "태평양을 건너간 나의 기도가 / 네 지친
어깨를 어루만지는 바람이 되기를" 바라는 아버지의
마음은 그 어떤 시적 기교보다 진한 감동을 준다. 이
는 시인이 시를 쓰는 행위가 단순히 문학적 성취를
위함이 아니라, 사랑하는 이들에게 전하는 마음의 기
록임을 보여준다.

5. 어둠을 뚫고 나아가는 희망의 서사: 빛을 향한 의지

4부 〈어둠을 밀어내는 빛〉은 시련과 고통을 넘어
희망으로 나아가는 시인의 강인한 의지를 보여준다.
앞선 1, 2, 3부가 성찰과 관조, 사랑의 노래였다면, 4

부는 미래를 향한 선언이다.

「발끝은 빛을 향해」, 「무궁화, 지지 않는 이름」, 「새 바람 새 물결」 등은 겨울을 견디고 봄을 맞이하는 생명력을 노래한다. 시인에게 어둠은 절망이 아니라 빛을 잉태하는 공간이다.

> "허공 너머보다 / 나를 키운 이름 없는 / 어둠이 더 끌어안으며"
>
> - 「뿌리의 기도」 중에서

시인은 고통을 회피하지 않고 직시함으로써 치유에 이른다. 어둠을 부정하지 않고 그것을 뿌리의 양분으로 삼는 태도는 성숙한 자아만이 가질 수 있는 지혜다.

특히 시집의 대미를 장식하는 「새 바람 새 물결」은 시인의 변모를 예고한다. "어제의 공식으로는 / 내일의 바다를 건널 수 없으니"라는 구절은, 무언의 강이 마침내 드넓은 바다로 나아가듯, 시인 스스로가 낡은 틀을 깨고 새로운 세계로 도약하겠다는 비장한 다짐이다. "익숙함이라는 늪"에서 벗어나 "가장 젊은 시류"를 타겠다는 시인의 선언은 독자들에게도 새로운 시작을 독려하는 강력한 메시지가 된다.

6. 형식의 미학: 간결함 속에 담긴 긴 여운

형식적인 측면에서 볼 때, 한우수의 시는 간결하고 정제되어 있다. 불필요한 수식어를 배제하고 담백한 시어들을 사용하여 이미지의 선명성을 높인다. 「옹달샘」이나 「꽃샘추위」 같은 시들은 짧은 호흡 속에 깊은 사유를 담아내는 시인의 기량을 잘 보여준다.

또한, 시각적 이미지를 청각화하거나(공감각적 심상), 자연물을 의인화하여 감정을 이입하는 기법도 능숙하게 구사한다. 「붓과 먹의 대화」에서 "먹은 말을 아끼고 / 붓은 길을 낸다"와 같은 표현은 시와 서예의 경계를 넘나드는 동양적 미학을 보여주며, 시집 전체의 품격을 높인다.

시인은 난해한 현대시의 흐름에 편승하지 않고, 누구나 쉽게 읽고 공감할 수 있는 '쉬운 언어'로 '깊은 진리'를 이야기한다. 이는 독자와의 소통을 최우선으로 생각하는 시인의 따뜻한 배려이자, 그의 시가 가진 대중적 호소력의 원천이다.

7. 맺음말: 다시, 흐르는 강물처럼

한우수 시인의 3집 『무언의 강』은 소란스러운 세상에 지친 현대인들에게 건네는 고요한 쉼표와도 같다.

시인은 1집과 2집을 거치며 쌓아온 시적 역량을 이번 시집에서 유감없이 발휘했다. 그는 자연의 섭리 앞에서 겸손하고, 삶의 비루함 앞에서 따뜻하며, 관계의 어긋남 앞에서 기다릴 줄 안다.

이제 시인은 '무언의 강'이 되어 더 넓은 바다로 나아간다. 그 강물에는 지난날의 아픔도, 씻겨 내려간 슬픔도, 반짝이는 윤슬 같은 기쁨도 모두 녹아 있다. 시인은 말한다. 침묵은 비어 있는 것이 아니라, 말할 수 없는 것들로 가득 차 있는 충만한 상태라고.

흐르는 강물처럼 유연하되, 그 깊이는 바닥을 알 수 없을 만큼 묵직한 이 시집은, 독자들의 가슴속에 묻어둔 묵은 슬픔을 씻겨 보내고 그 자리에 투명한 희망을 채워 줄 것이다. 3집에 이르러 비로소 완성된 한우수 시인의 '침묵의 언어'가 더 많은 이들의 가슴에 깊은 울림으로 번져 나가기를, 그리고 그 흐름이 멈추지 않고 계속해서 새로운 물결을 만들어 내기를 기대해 마지않는다.

한우수 시인의 시력(詩歷)이 이 '무언의 강'을 건너 더욱 찬란한 '빛의 바다'에 닿기를 진심으로 응원한다.